Gerda Greschke-Begemann:

11 Fiese Weihnachtsmorde

Gerda Greschke-Begemann

11 Fiese Weihnachtsmorde

Bibliografische Information der Deutschen Nationalbibliothek:

Die Deutsche Nationalbibliothek verzeichnet diese Publikation in der Deutschen Nationalbibliografie; detaillierte bibliografische Daten sind im Internet über http://dnb.dnb.de abrufbar.

Layout und Cover: Dr. Peter Greschke

Herstellung und Verlag: BoD – Books on Demand, Norderstedt

ISBN: 9783752626704

Inhalt

Tödliches Geheimnis

Inge versuchte, ihr Unbehagen zu unterdrücken, als Julia, ihre 18-jährige Tochter, an Heiligabend kurz nach Mittag anrief und verkündete, dieses Jahr einen Gast mitzubringen.

„Wann werdet ihr denn ankommen? Und wer ist der Gast?"

Das Telefon zwischen Ohr und Schulter eingeklemmt, wischte Inge mit Küchenpapier Majonäse von den Händen ab und schaute sich prüfend in der Küche um. Ob sie noch mehr Kartoffeln, Zwiebeln, Gurken und Eier für den Salat schnippeln müsste? Dosen mit Würstchen waren zum Glück noch im Vorratsschrank.

„Spätestens um fünf sind wir da. Eddi hat gesagt, er will keine Geschenke und er bringt auch keine mit. Ist das okay, Mama?"

Irritiert schüttelte Inge den Kopf, doch tapfer sagte sie: „Das werden wir schon aushalten. Aber sag endlich, wer dieser Eddi ist!"

„Ach, er ist Künstler, ich kenne ihn doch selbst erst seit vorgestern, aber er hat ein ganz tolles Bild von mir gemalt. Lasst euch überraschen! Wir fahren sofort los, sobald er aus der Dusche kommt." Julia kicherte. „Ich hab ihn dazu überredet, weil doch Weihnachten ist."

Inge stöhnte auf, aber Julia hatte das Gespräch glücklicherweise schon beendet.

Wie üblich, war Werner, ihrem Mann, alles egal, sobald er seine jährliche Aufgabe, den Baum aufzustellen, verrichtet hatte. Das hatte er gestern schon erledigt und sie hatte den Baum geschmückt. Die seit langem eingepackten Geschenke hatte sie unter dem dekorierten Baum ansprechend arrangiert, sie zierten jetzt das Wohnzimmer.

Um zehn Minuten vor fünf traf Julia mit ihrem unbekannten Gast als letzte zur Familienfeier ein. Dennis, Julias älterer Bruder, und seine Frau Kira hatten ihre dreijährigen Zwillinge aus dem späten Mittagsschlaf oben im

Gästezimmer erlöst, jetzt räumten die Kleinen das Enkel-Spielzeug aus der untersten Schublade der uralten Anrichte und warfen es herum. Inge fiel auf, dass Kira sehr erschöpft wirkte. ‚Ob Kira von den beiden Kleinkindern überfordert ist?‘, überlegte sie.

Dennis kabbelte seinen Kindern hinterher und wollte sie überzeugen, einen Turm aus Holzklötzchen zu bauen. Werner hatte in der letzten Stunde bereits eine ganze Flasche Wein geleert. Als Julia den Raum temperamentvoll betrat und ihren Begleiter hinter sich herzog, schienen Werners Augen noch mehr hervorzutreten, als dies normalerweise schon der Fall war.

Bei allen im Raum sorgte Eddis Auftritt für einen erschrockenen Moment des Schweigens. Sogar die Zwillinge waren verstummt und starrten den fremden Mann an. Er war völlig in Schwarz gekleidet, nur auf seinem verwaschenen T-Shirt prangte ein halbwegs weißer Totenkopf, die engen schwarzen Hosen waren ausgefranst und zerlöchert, seine ausgebeulte Lederjacke schien aus dem vorletzten Jahrhundert zu stammen. Inge meinte sogar, dass er den Geruch ungewaschener Kleidung verströmte. Er musste weit über 30 Jahre alt sein. Was hatte Julia sich bloß dabei gedacht, diesen Penner mitzubringen?

Der Gast schien sich nicht sonderlich für die Familie zu interessieren, er schaute ausschließlich Werner an – sein Blick wirkte irgendwie unverschämt, fand Inge. Selbst beim Essen im Nebenraum starrte er immer wieder auf Werner und antwortete nur knapp, wenn Julia mit ihm sprach. Zur Bescherung setzte Eddi sich in den Sessel neben Werner, öffnete ungefragt die Whiskyflasche und schenkte sich und Werner davon ein. Ihr Mann langte allerdings auch ungebremst zu, beobachtete Inge besorgt. Sie konnte nicht hören, worüber die beiden sich unterhielten, denn sie musste Geschenke entgegen nehmen, die eigenen verteilen und einige sogar erklären.

Jetzt riss Julia das Geschenkpapier von einer Rolle, zog eine Kohlezeichnung auseinander und hielt stolz das Bild ihrer Mutter vor das Gesicht. Inge schnappte nach Luft. Auf der Zeichnung abgebildet war ihre Tochter Julia, völlig nackt, nur eine widerliche, riesenhafte Viper schlängelte sich um ihren Leib und verdeckte knapp die pikantesten Körperstellen.

„Ist es nicht grandios? Eddi hat es gemalt, aber ich schenke es dir zu Weihnachten, Mama!" Überströmende Begeisterung klang aus Julias Stimme und leuchtete aus ihren Augen. Als Inge zu Eddi hinüberblickte, merkte sie, dass er sie ebenfalls gespannt beobachtete. Sie zwang ein Lächeln auf ihr Gesicht.

Glücklicherweise zog nun Dennis' Familie alle Aufmerksamkeit auf sich. Unter Protestgeheul der Zwillinge wurden die Geschenke in Taschen verstaut, Kira zog ihnen die Winterjacken und Schuhe an und dann wurden die Kinder draußen im Auto auf ihren Sitzen angeschnallt. Als Inge dem abfahrenden Wagen nachgewinkt hatte und ins Weihnachtszimmer zurückkam, war dort Ruhe eingekehrt. Julia blätterte in einem neuen Buch, Werner war bereits so sehr angetrunken, dass er sogar im Sitzen zu schwanken schien, sein erneuter Griff zum Glas war unsicher. Inge wählte amerikanische Weihnachtsmusik, die ihr Mann nicht leiden konnte, und hoffte, ihn damit ins Bett vertreiben zu können.

„Hast du Eddi schon gezeigt, wo er übernachten kann?", fragte sie ihre Tochter.
Julia schaute fragend auf Eddi.

„Ich will keine Umstände machen", sagte er grinsend, „ich gehe einfach mit in Julias Zimmer. Bin es gewöhnt, auf dem Boden zu schlafen. Du musst dir aber keine Sorgen machen Papa, ich tu ihr nichts. Das wäre ja auch nicht anständig, oder? Prost, Papa!"

Er drückte Werner ein neu gefülltes Glas in die Hand, erhob das eigene und stieß an.
„Na los, auf Ex dieses Mal!"
Angewidert sah Inge, dass Werner der frechen Aufforderung gehorchte.
„Ich gehe dann mal in die Küche und mache uns eine Platte mit Käse und Lachs, das mag Julia immer gerne zum Abschluss."

Nach drei Schritten stockte Inge. Sie sah, wie ihr Mann den Mund aufriss, nach Luft rang und die Augen verdrehte, dann zuckten und krampften seine Glieder – und dann sackte er zusammen.
„Na also, Papa, jetzt fliegen wir gemeinsam in die Hölle. Da hast du dann endlich auch Zeit für deinen unehelichen Sohn!"
Eddis Stimme dröhnte höhnisch in Inges Ohren.

Julia sprang mit einem Schrei auf, aber sie konnte nicht mehr verhindern, dass Eddi eilig sein Glas kippte. Auch bei ihm dauerte es nur wenige Minuten.

Das Puppenhaus

Wer hatte ihr das Puppenhaus zurückgebracht? Wer hatte Zutritt zu ihrer Wohnung? Antonia stellte hastig ihre Weihnachtseinkäufe neben dem Tisch ab, nur den Adventskranz schob sie achtlos auf den Esstisch neben das Puppenhaus. Wie war es plötzlich hierhergekommen? Sie würde das Rätsel später lösen.

Jetzt überlegte sie nicht länger, sondern tauchte in die alten Geschichten ein. Sie war neun gewesen, als die Großmutter ihr das wunderbare Haus zu Weihnachten geschenkt hatte. Viele Stunden und Tage hatte sie sich beim Spiel darin ein anderes, besseres Leben erfunden.

In diesem Haus wurde kein Kind geprügelt, niemals schrien die Eltern sich an und jedes Kind hatte ein eigenes Zimmer mit vielen Büchern und Spielzeug darin. Wenn Antonia in ihr Spiel vertieft gewesen war, hatte sie alles ringsum vergessen, sie hörte die streitenden Eltern dann nicht mehr, sie waren einfach für eine Weile verschwunden. So wie es seit zehn Jahren tatsächlich der Fall war, aber die Polizei hatte ihre Ermittlungen längst eingestellt. Niemand hatte Antonia verdächtigt. Manchmal ist das Schicksal eben auch anständig.

Reue verspürte sie immer noch nicht. Die alten Bilder erschienen jetzt wieder grausam scharf vor ihr, während sie vorsichtig das Puppenhaus berührte. Ihre Eltern waren böse und zerstörerisch gewesen, sie hatten ihren kleinen Bruder vernichtet.

Jemand musste dem Bösen ein Ende setzen – und Antonia hatte gehandelt, auch wenn es da schon zu spät war. Als Zehnjährige hatte sie es nicht verhindern können, dass der Vater in sadistischer Weise mit seinem Gürtel auf den kleinen Reinhold einschlug und den Eltern war es egal gewesen, als die Gürtelschnalle das Auge ihres Bruders traf.

Das Geschrei und das Weinen des kleinen Reinholds hatte Antonia nie vergessen, auch in diesem Moment quälte es sie wieder. Damals hockte sie verzweifelt und tonlos vor ihrem Puppenhaus, streichelte während des schrecklichen Prügelns bloß den kleinen Teddy in seinem Bett im Puppenhaus und weinte.

In der rauen Wirklichkeit des Elternhauses wussten Antonia und ihr Bruder nie, wann ein neuer Gewaltausbruch von Vater oder Mutter sie treffen würde.

Reinhold wurde später in einem Heim für Sehbehinderte untergebracht, seine Schwester besuchte ihn, so oft sie konnte, aber wenn sie ihren Bruder dort mit gesenktem Kopf auf seinem Bett hocken sah, zerriss es ihr fast das Herz. Im Heim war Reinhold noch unglücklicher als zuhause. Er schlich völlig verängstigt zum Essen in den Speisesaal oder zur Schule, Freunde fand er dort nicht. Antonia fehlte ihm.

Als er fünfzehn Jahre alt war, stürzte er sich am vierten Advent vom Turm einer Burgruine. Er starb fast sofort. In seinem Abschiedsbrief hatte er Antonia um Verzeihung dafür gebeten, dass er sein Leben nicht mehr ertragen konnte, er sei nicht stark genug dafür, hatte er geschrieben.

Da beschloss Antonia, die Eltern zu strafen.

Über die Weihnachtstage lag Reinholds zerschlagener Körper in der Leichenhalle. Nach der einsamen Beerdigung am 28. Dezember fragte die Mutter, ob Antonia noch einen Kaffee mit den Eltern trinken wolle, bevor sie zurück in die Stadt fahren würde. Antonia war gerade achtzehn geworden, aber sie hatte sich bereits den Führerschein und ein altes Auto zusammengespart.

Sie sagte zu, aber sie lud die Eltern ein, erst noch eine kleine Rundfahrt durch die alte Heimat zu machen, sie wolle sehen, ob sich hier inzwischen viel verändert hätte, erklärte sie. Fast alles war wie früher, nur ein paar Häuser waren renoviert worden und bei Kämpers hatten sich der Sohn und die Schwiegertochter ein eigenes Wohnhaus auf das große Grundstück des Elternhauses gebaut.

Während der Fahrt gab die Tochter ihren Eltern so viel Schnaps zu trinken, dass sie kaum noch stehen konnten, als Antonia hinter dem großen Stall der Meierjohanns anhielt und sie aus dem Auto zerrte. Der geschäftstüchtige Bauer

Meierjohann hatte schon damals, als Antonia noch hier wohnte, eine riesige Schweinemastanlage aufgebaut.

Sie hatte Glück, denn noch immer konnte man die Klappe zum scharfen Rührwerk der Futtermischanlage öffnen. Es war nicht besonders schwer, erst den Vater, dann die Mutter hineinzustoßen. Niemand hatte Antonia beobachtet und niemand hatte das Heulen der Mutter vernommen, bevor sie ihrem Mann durch die Klappe folgen musste. Der düstere Wintertag hatte Nebel und Schweigen über die Bestrafung gelegt.

Krippenspiel

Yasemin schmollte. Und wenn Yasemin schmollte, hatten die anderen in ihrer siebten Klasse nichts zu lachen. Entweder fauchte sie sogar ihre beste Freundin wegen jeder Kleinigkeit an, oder sie verteilte ihre berühmten und gefürchteten Fausthiebe an jeden frechen Jungen, der es wagte, ihr einen dummen Spruch zu geben.

Dem Hannes hatte sie schon eine Ohrfeige verpasst, als er fragte, warum sie nicht bei dem Theaterspiel mitmachen würde. Ihre Freundin Maren hütete sich, auch nur ein Wort über die Weihnachtsaufführung zu verlieren. Jetzt war wieder Probe angesagt und nur, weil die Lehrerin sehr energisch darauf bestand, folgte Yasemin den anderen schlecht gelaunt in die Aula. Die Rollen für das Krippenspiel waren nämlich schon verteilt und

Yasemin durfte nicht Maria sein! Die blöde Melanie mit ihrer scheinheiligen Sanftheit hatte die Rolle bekommen.

Doch was sagte die Lehrerin gerade?
„Du hast die schönste Stimme, Yasemin, du wirst die Verkündigung als Solo singen!"
Yasemin strahlte endlich wieder.

Ganz anders war es mit Lena. Im Schulchor sangen die beiden Mädchen zwar gemeinsam im Sopran, gleichzeitig waren sie aber erbitterte Rivalinnen, jede von ihnen wollte stets die Konkurrentin überstrahlen. Der Chorleiter hatte oft seine liebe Mühe mit den beiden zickigen Mädchen. Heute aber war Lena so richtig stink-sauer!
„Die Yasemin ist noch nicht mal eine Christin, warum soll ausgerechnet sie die Verkündigung singen?", beschwerte sie sich lauthals und wütend quer durch die Aula. Yasemin schien den Kopf etwas eingezogen zu haben, als sie auf die Antwort der Lehrerin wartete. Frau Klaas ließ sich jedoch nicht von Lena beeindrucken.
„Na und? Yasemins Stimme passt ausgezeichnet zu unserem Krippenspiel. Auch du, Lena, wirst immer noch sehr wichtig sein im Chor der Engel."

Lena wusste kaum, auf wen sie wütender sein sollte, auf Frau Klaas oder auf Yasemin. Die könnten was erleben, schwor sie insgeheim Rache.

Der letzte Schultag vor den Ferien rückte näher. Frau Klaas war sehr zufrieden mit ihrer Krippenspielgruppe, sie würde sich vor den eingeladenen Eltern bei der Aufführung nicht schämen müssen, da war sich die Lehrerin sicher. Die Rempeleien zwischen den Jungen, die die Hirten darstellten, hatten sich gelegt, auch die heiligen Könige benahmen sich halbwegs heilig, seitdem Frau Klaas schließlich dem Wunsch von Sören - alias Caspar - nachgegeben hatte, sich das Gesicht schwärzen zu dürfen. Schließlich stellte er den afrikanischen König dar. Frau Klaas hoffte inständig, dass nicht ein übereifriges Elternpaar diese Tatsache als Rassismus auslegen würde.

Sogar Lena hatte ihren Widerstand aufgegeben, gekonnt führte sie den Engelschor an und Yasemins Vortrag des Verkündigungssolos war so überzeugend, dass man reichlich Tränen der Rührung bei den Zuschauern sehen würde, war sich die Lehrerin sicher.

Am späten Nachmittag des 21. Dezembers war es soweit. Der Physiklehrer hatte gute Arbeit geleistet, die Bühne war gerade richtig zur Mitte hin ausgeleuchtet. Ein strahlender Stern schwebte über der Szenerie, als Maria sich aufrichtete und ihrem Josef das soeben geborene Kind, eine große Babypuppe, zeigte und dann in das Stroh der Krippe bettete. Dass die beiden Jungen unter dem Eselskostüm sich nicht ganz einig waren und unterdrückt schimpften, wurde schnell vom einsetzenden Engelschor übertönt. Dann trat Yasemin auf. Ihre Stimme war so klar und die Töne so rein, dass spontaner Beifall aufbrandete, nachdem sie geendet hatte. Daraufhin knickste das Mädchen sogar noch völlig übertrieben, was nun wirklich nicht abgesprochen war!

Egal, die Vorstellung lief trotzdem fehlerfrei weiter, allmählich legte sich die Anspannung der Lehrerin etwas. Noch vier Minuten ungefähr, dachte sie, dann kam Yasemins Solo „Gloria in excelsis deo" und zum Abschluss würde noch gemeinsam mit dem Publikum „Oh du Fröhliche" gesungen. Dabei konnte nichts schiefgehen und es wäre geschafft. Danach nur noch die Gespräche bei Kaffee, Tee und Keksen mit den stolzen Eltern, dann endlich hätte sie Ferien!

Aber was passierte denn jetzt auf der Bühne? Ein Engel kam mit theatralisch ausgebreiteten Armen hastig von der Seite aus dem Kulissenbild getrippelt und trat nach vorne, es war Lena! Was wollte die dort? Entsetzt sahen die zuschauenden Familien ein Messer in der rechten Hand des Engels aufblitzen, dann drehte sich die Gestalt blitzschnell zur Krippe herum, die Flügel klappten dabei nach hinten. Melanie alias Maria kreischte angstvoll auf, auch aus dem Saal kamen Schreie.

Beherzt stürzte die Lehrerin aus der Kulisse heraus auf Lena zu. Das Messer sauste knapp an ihr vorbei – tief hinein in das Baby in der Krippe. Dann wandte sich der Racheengel wieder der Aula zu. „Wenn eine Heidin die Verkündigung singen darf, dann darf ich auch in eine Gummipuppe stechen!"

Lenas Vater sprang mit einem großen Satz auf die Bühne, seine Frau folgte ihm schreiend. Der entsetzte Lärm in der Aula wurde übertönt von ihrer schrille Stimme: „LENAAAA!!!

Weibliche Konkurrenz

„Frohes Fest!" hatte sein Schwiegervater ihm zum Feierabend gewünscht, also hatte Josef ebenfalls „Auch euch frohe Weihnachten!" hervorgewürgt und versucht, dabei freundlich auszusehen.

Sobald der Aufzug das Kellergeschoss mit der Tiefgarage erreicht hatte und die Türen sich öffneten, entriegelte Josef ungeduldig sein 120.000 Euro teures Auto. Seine Lippen waren aufeinander gepresst, die Brauen zusammengezogen und tiefe Falten in seine hohe Stirn geschnitten.

Seine Laune besserte sich auch nicht, als er in die vorgeheizten und perfekt seiner kräftigen Statur angepassten Lederpolster des Luxusfahrzeuges sank. Er zögerte noch einen Moment und warf einen Blick auf die Uhr seines Handys, bevor er den Motor per Knopfdruck startete. Der Sensor des Garagentores hatte sein Auto erkannt, das Tor fuhr hoch. Fast geräuschlos glitt der Wagen die Rampe unter dem Bürogebäude hinauf. In der Fußgängerzone links von Josef waren nur noch vereinzelte Passanten unterwegs, die letzten Geschäfte schlossen gerade, denn es war sechzehn Uhr vorbei und die Leute wollten Heiligabend zuhause sein.

Josef bog nach rechts ab, an der nächsten Straße wieder rechts; er hatte beschlossen, noch eine knappe halbe Stunde für Diana abzuzweigen, zu der er seit acht Jahren eine unkomplizierte sexuelle Beziehung unterhielt. Seine Frau Gabi würde ihn vor siebzehn Uhr nicht vermissen. Für Diana hatte er eine hübsche Weißgold-Uhr zu Weihnachten gekauft und vielleicht würde er nach einer schnellen Nummer die Zukunft etwas gelassener betrachten können.

Josef war nämlich beunruhigt. Für Anfang Januar, wenn die Fertigung in den Hallen draußen im Industriegebiet wieder komplett hochgefahren wäre, hatte der Alte eine Sitzung des Familien-Aufsichtsrates einberufen. Eine Tagesordnung hatte er aber noch nicht bekanntgegeben. Das wurmte Josef, denn falls seine Ahnungen stimmten und die dubiosen Andeutungen seines Schwagers Felix womöglich der Wahrheit entsprächen, dann beabsichtigte Josefs Chef und Schwiegervater, im neuen Jahr gravierende Änderungen einzuführen. Die Frauen der Familie sollten an der Geschäftsführung gleichberechtigt beteiligt werden.

Was sollte das? Das war doch purer Unsinn! Unter der bisherigen Führung hatte das Unternehmen beständig steigende Ergebnisse erzielt. Glaubte der Alte ernsthaft, mit den Frauen würde das auch so gut funktionieren? Das konnte doch nur schiefgehen. Der alte Mann wurde eindeutig senil!

Die Vorstellung, dass seine ahnungslose Frau Gabi, oder – noch schlimmer! – Evchen, wie Schwager Felix seine mondäne Gattin nannte, die Geschicke der Firma mitbestimmen sollten, machte Josef wütend. Gabi interessierte sich doch ausschließlich für ihre Pferde und den Reitlehrer und Evchen war Josef schon von Anfang an zuwider gewesen mit ihrem Getue um Shopping, Kosmetik und Mode. Von Geschäftstüchtigkeit konnte bei dieser Tussi wirklich keine Rede sein.

Wahrscheinlich ging es dem Alten aber in erster Linie darum, dass seine Tochter Carmen jetzt, nach ihrer Rückkehr aus den USA, eine gewichtige Rolle im Unternehmen spielen sollte. Es mochte ja sein, dass sie sich dort mit ihrem erstklassigen BWL-Abschluss im Partnerunternehmen hervorgetan hatte – aber warum kam sie dann zurück und wollte hier die Junior-Chefin spielen? Josefs Gesichtsausdruck wurde noch finsterer. Spontan wendete er den Wagen über eine Tankstelle, beschleunigte weit über das Tempolimit von 50km/h hinaus und schoss über die fast leeren Straßen wieder Richtung Bürogebäude.

Die Bett-Gespielin Diana war jetzt nicht mehr wichtig, seine Position und die Firmenkarriere gingen vor. Der Alte musste ausgebremst werden mit seinen Plänen einer Umstrukturierung in der Geschäftsführung! Josef parkte das Auto am Anfang der Fußgängerzone, Plätze gab es inzwischen genügend dort. Im obersten Büro, das sich über die gesamte Seitenfront zog, brannten noch die Lampen, stellte er erleichtert fest.

Das Gebäude betrat er durch den Haupteingang. Er kannte den Wachmann und rief daher bloß zur Pförtnerloge mit den Überwachungsmonitoren hinüber: „Frohe Weihnachten, Herr Beisel! Jetzt wäre ich beinahe ohne Geschenk zuhause angekommen. Ich habe es oben liegen lassen und bin auch gleich schon wieder weg."

Der Monitor für die Chefetage würde erst aktiviert, wenn der Boss Feierabend gemacht hatte.

Heute passte es gut, dass der Alte in den letzten Jahren seine Liebe zur Kunst entdeckt hatte. Seither bot er unbekannten Künstlern die Gelegenheit, ihre neuen Werke im riesigen Foyer des obersten Geschosses auszustellen und die Künstler nahmen die Gelegenheit gerne wahr, weil der Firmenchef ihnen meistens auch ein oder zwei der Werke abkaufte.

Als Josef aus dem Aufzug trat und seine Handschuhe überzog, strebte er zielsicher hinüber zu einer scharfkantigen Skulptur aus Schiefergestein, die von der Künstlerin aus nicht nachvollziehbaren Gründen „Spaltung von Raum und Zeit" genannt worden war. Diese etwa vierzig cm hohe Skulptur konnte Josef gerade noch unter den linken Arm klemmen. Der Teppich schluckte seine

Schritte, erst das Aufreißen der Tür zum Chefbüro verursachte ein scharf zischendes Geräusch.

„Was ist los? Warum…"
Der Alte hatte nicht mehr die Zeit, seine Frage zu beenden. Doch seine Augen waren schreckensweit aufgerissen, als der Brocken auf seinen Kopf herunter sauste. Das schmetternde Geräusch klang widerlich, so, als ob der Schädelknochen gespalten wäre.

Josef steckte die Handschuhe wieder in die Manteltasche. Blutspuren konnte er auf seinem Mantel nicht entdecken, aber Gabi sollte ihn sofort nach den Feiertagen vorsichtshalber in die Reinigung bringen.

„Hilfe!", schrie er vorsorglich zweimal lauthals. Dann forderte er über die interne Kommunikationsanlage den Pförtner auf, sofort Polizei und Notarzt zu rufen. Er wusste genau, dass kein Notarzt der Welt seinem Schwiegervater noch helfen könnte, aber er wollte überzeugend auf die Polizei wirken, die einen anderen Mörder suchen sollte.

Der Sprung des Tigers

Der Baum nadelte schon am zweiten Feiertag. Helen wäre es sehr recht gewesen, wenn sich die Schwiegereltern ebenso schnell verabschieden würden wie die Tannennadeln von den Zweigen. Jörgs Eltern, Elsbeth und Gerd, dachten aber noch gar nicht daran, sondern machten sich ein beneidenswert feines Leben mit ihren dicken Pensionen!

Im Gegensatz zu den Einkünften der Schwiegereltern war Helens Halbtagsjob bei einem Steuerberater schlecht bezahlt und würde demnächst vermutlich überflüssig werden dank der Programme mit künstlicher Intelligenz. Jörgs Gehalt als IT-Techniker war auch nicht besonders üppig und schließlich zahlten sie immer noch die Darlehen für das Haus. Von dem Leben, das Jörgs

Eltern führten, konnten Helen und Jörg nur träumen: Winterurlaub in der Schweiz, Ostern bei der Tochter in den USA, danach monatelanger Urlaub auf den Kanaren bis in den November hinein. Und zu Weihnachten, bevor es in den Urlaub nach Davos ging, nisteten sich Gerd und Elsbeth bei der Familie ihres Sohnes Jörg ein und ließen sich hier bedienen.

Elsbeths Beitrag zu den Weihnachtsvorbereitungen beschränkte sich darauf, zum Biohof hinauf zu fahren und eine Gans auszusuchen. Die Arbeit damit überließ sie allerdings Helen und stand ihr bei der Zubereitung stets im Weg herum. Mit einer Flasche Wein ausgestattet wolle sie der Schwiegertochter „Gesellschaft in der Küche leisten", behauptete sie jedes Jahr. Redselig vom Wein berichtete sie dann vom vergangenen Urlaub und sezierte die Charaktere der neuen Urlaubsbekanntschaften. Zwischendurch streute sie Kommandos ein, wie Helen die Soße noch verbessern sollte.

Gestern hatte es Helen gereicht.
„Nein, ich werde diesmal kein Rosmarin zugeben! Vanessa hasst das Zeug – und ich mag es auch nicht."

Daraufhin hatte sich Elsbeth am Wein verschluckt und rannte mit einem Hustenanfall ins Wohnzimmer, wo Gerd pflichtgemäß ihren Rücken klopfte. Als Elsbeth wieder sprechen konnte, beschwerte sie sich.

„Wir haben IMMER Salbei und Rosmarin in der Soße gehabt. Was ist eigentlich los mit Helen? Will sie mich ärgern?"

Jörg wich dem anklagenden Blick seiner Mutter aus und murmelte bloß, dass man ja auch mal was anderes ausprobieren könnte.

Jessica war mit breitem Grinsen zu Helen in die Küche geflüchtet.

„Prima, Mama! Das wurde auch mal Zeit. Ich gehe jetzt schnell noch duschen, du rufst mich, wenn das Essen fertig ist, ja?"

„Und wer deckt den Tisch?"

„Ich sag Max Bescheid, der sitzt schon seit zwei Stunden vor seinem Computerspiel und kann auch mal was Nützliches tun."

Erstaunlicherweise erschien Max tatsächlich, nachdem oben im Haus ein lautstarker Streit zu hören gewesen war.

„Welches Geschirr soll ich überhaupt nehmen?"

Er klang eingeschnappt und tat so, als wüsste er

nicht, wo Geschirr und Bestecke aufbewahrt wurden. Helen antwortete geduldig und fügte die Warnung hinzu, sich nicht mit Oma Elsbeth zu streiten, falls die sich ausnahmsweise beim Tischdecken im Esszimmer beteiligen wolle.

„Hast du eigentlich schon eine Idee, was du mit dem Geld machst, das du von Oma bekommen hast?", fragte sie dann, um Max' Laune aufzuhellen. Doch der stöhnte nur.
„Winterstiefel soll ich mir kaufen, hat sie gesagt. Oder einen Mantel. Dann soll sie doch gleich selber die Geschenke kaufen, aber dazu ist sie ja zu faul!"

Helen seufzte. Max hatte ja Recht, für Oma Elsbeth war es sehr bequem, einfach einen Umschlag mit Geld zu überreichen, statt sich die Mühe zu machen, selber das zu besorgen, was sie sich für die Kinder vorstellte. Der Schwiegervater war auch nicht besser, jedenfalls passte er sich den Wünschen seiner Frau immer an. In ihre Gedanken hinein platzte Max' Stimme.
„Ich glaube, ich besorge mir von dem Geld 'ne Pistole. Phillip kennt jemanden, der Waffen verkauft."
„Ich finde deine Scherze überhaupt nicht witzig",

hatte Helen mit schmalen Lippen geantwortet und drohend die Augenbrauen zusammengezogen.

Heute war der vierte Tag des Besuches. Jörg war mit seinem Vater in den Heizungskeller hinuntergegangen und erklärte ihm begeistert etwas über Programmoptimierungen zur höchstmöglichen Effizienz der Anlage. Mit mäßigem Interesse hörte Gerd seinem Sohn zu, zwar war er damals stellvertretender Leiter des Bauamtes gewesen, aber technische Einzelheiten hatten ihn nie sonderlich interessiert. Zum Arbeiten und Denken gab es schließlich die Sachbearbeiter im Amt.

Helen schaltete die Lichter des Weihnachtsbaumes ein und beschloss, das Nadeln des Baumes zu ignorieren und stattdessen die Ruhe im Wohnzimmer zu genießen. Die Tannennadeln könnte sie auch morgen noch wegsaugen. Max saß in seinem Zimmer vor dem Rechner, Vanessa war zu ihrer Freundin geradelt und Elsbeth schlief hoffentlich noch eine Weile nebenan im Arbeitszimmer auf dem Sofa. Wovon die sich ausruhen musste, konnte Helen zwar nicht nachvollziehen, aber sie war dankbar für die Pause von der Schwiegermutter.

Sie griff zum neuen Buch, das Vanessa ihr zur Bescherung am Heiligen Abend überreicht hatte. Das Bild auf dem Cover des Buches zeigte einen Tiger, Helen fand, dass er sie unheimlich anstarrte, so, als ob er jeden Moment aus dem Bild springen und sie angreifen wolle. Schnell klappte sie das Buch auf und begann zu lesen. Die Schilderung einer schneebedeckten Berglandschaft im äußersten russischen Osten, in der zwei Forscher den Spuren eines sibirischen Tigers folgten, machte Helen schläfrig, nach knapp zwei Seiten fielen ihr die Augen zu.

Ihre Traumbilder mischten sich mit den soeben gelesenen Beschreibungen der russischen Winterlandschaft, in der sie sich jetzt befand. Von links hörte sie vorsichtige Schritte von einem der Forscher, der den Berghang hinabstieg. Sie wandte sich ihm zu. Mit in den Schnee gerichteten Blicken schlich der Mann den Abdrücken riesiger Tatzen nach, sein zum Boden gesenktes Gesicht konnte sie nicht erkennen, der Pelzbesatz seiner Kapuze verdeckte es völlig. Die Spuren der Tigertatzen führten einige Meter vor Helen entlang in den endlosen, eingeschneiten Wald rechts vor ihr.

Der Forscher würde gleich hier vorbeikommen und plötzlich überschwemmte sie eine maßlose Angst, dass der Mann sie entdecken könnte. Sie hätte nicht in diesem Schutzgebiet des Amur-Tigers sein dürfen, das wusste sie. Der Mann trug ein Gewehr über die Schulter gehängt, es baumelte ein wenig bei jedem seiner Schritte und es jagte Helen mehr Angst ein als die Möglichkeit, dass der sibirische Tiger auftauchen könnte. Trotz der Schneelandschaft um sie herum bildeten sich Schweißperlen auf ihrer Stirn.

Erst jetzt merkte Helen, dass sie lediglich die dunkelgrüne Hose und das rote T-Shirt mit dem Glitzer-Weihnachtsbaum darauf trug, das sie an diesem Morgen zuhause angezogen hatte. Sie staunte, warum sie hier draußen dennoch schwitzte, aber gleichzeitig ihre Knie zitterten. Irgendetwas Schlimmes lag in der Luft, eine Bedrohung, die sie körperlich spürte.

Nun vernahm sie ein schleichendes Geräusch im knirschenden Schnee hinter sich. Panik stieg in ihr hoch, sie versuchte, nach rechts in den Wald zu fliehen, doch sie schaffte es nicht, die Beine zu bewegen. Ein kurzes Knacken – dann sprang der Tiger. Im selben Augenblick knallte es.

Während Helen noch stürzte, fuhr sie ruckartig aus ihrem Traum hoch. Sie meinte, noch den Nachhall eines Schusses zu hören. Beklommen lauschte sie und stand dann hastig auf. Oben im Haus wurden Türen aufgerissen und erschrockene Rufe von Vanessa und Jörg folgten. Also war Vanessa wieder zurück, schoss es ihr durch den Kopf. Jemand kam die Treppe hinuntergerannt. Helen bewegte sich zögernd zum Esszimmer, versuchte, die Traumbilder abzuschütteln, doch die Angst aus dem Traum blieb.

Als sie ihren Mann in der offenen Tür zum Arbeitszimmer sah, fuhr sie erschrocken zusammen,. Mit hängenden Schultern, blassem Gesicht und leicht schwankend rang Jörg nach Luft. Vanessa lugte an ihm vorbei ins Zimmer, ihre Hand flog vor den Mund, um einen Schrei zu unterdrücken.

Nun erschien Max im Blickfeld, er zwängte sich an seinem Vater vorbei aus dem Zimmer. Die Pistole hielt er noch in der rechten Hand, als er trotzig vorstieß: „Sie hat es doch gar nicht gemerkt!"

Die lähmende Totenstille daraufhin wurde gebrochen von Schwiegervater Gerd, der sich weiter hinten im Raum schwer auf den Esstisch stützte.

„Gib mir die Waffe, Junge. Ich war es!"

Auf der Burg

„Ich würde gerne noch einmal oben auf den Berg zur Ruine, aber keiner ist gekommen, um mich hochzufahren." Die Stimme des Vaters klingt gleichzeitig müde und vorwurfsvoll. „Ihr habt ja alle keine Zeit mehr."
Sascha seufzt.
„Jetzt bin ich ja da. Ich fahre morgen mit dir hinauf. Hoffentlich regnet es nicht, damit wir gute Sicht haben."

Die beiden älteren Schwestern hatten von Sascha nachdrücklich gefordert, dass er dieses Jahr an der Reihe wäre, sich über Weihnachten um den Vater zu kümmern.
„Seit deiner Scheidung von Christiane hast du doch sowieso nichts zu tun über die Feiertage. Oder

überlässt sie dir etwa Nina?", hatte Maria spöttisch hinzugesetzt.

„Nein, Nina darf mich gnädiger Weise vom 28. bis über Neujahr besuchen."
„Wie praktisch für Christiane", hatte Maria gehässig bemerkt, „dann kann sie ja ausgiebig Silvester feiern mit ihrem Zahnarzt. Soll ich dir ein Brettspiel für deinen Silvesterabend mit Nina leihen? Was spielt eine Achtjährige denn so?"
„Vergiss nicht, dass ich dann noch immer Dienst bei Papa habe. Also gib mir ein Spiel, das auch ein schwerhöriger Neunzigjähriger spielen kann!", hatte er bissig zurückgegeben.

Morgen wird er also mit dem alten Mann auf den Berg fahren. Sascha schaut jetzt kritisch auf seinen Vater.
„Meine Güte, er hat wirklich nachgelassen in den letzten Monaten", schießt es ihm durch den Kopf, „oder ist es sogar schon ein ganzes Jahr her, dass wir uns gesehen haben?"

Das schlechte Gewissen nagt an Sascha. Der ganze Ärger mit der Trennung und dann die Scheidung von Christiane und der Streit um Nina haben monatelang seine komplette Aufmerksamkeit und Nerven gefressen.

Jetzt steht sein Vater in einer schmuddeligen Hose und einem mit Flecken übersäten Pullover unsicher vor ihm. Als die Mutter noch lebte, hätte er sich niemals so gehen lassen, davon ist Sascha überzeugt. Es versetzt ihm einen Stich, zu sehen, wie sehr der alte Mann inzwischen abgemagert und zusammengefallen ist. Nur mit Mühe hat er sich vorhin aus dem Sessel erhoben, seine Schritte sind unsicher und schlurfend geworden. Er muss sich an einem Rollator festhalten.

Es ist erst vier Jahre her, dass die Eltern noch gemeinsam auf den hohen Ricken gewandert sind. An ihrem Stammplatz oben auf einer Mauer der Burgruine haben sie immer die mitgebrachten Butterbrote gegessen, dazu Mineralwasser getrunken, manchmal auch ein Fläschchen Wein. Ihre drei Kinder oder einer der erwachsenen Enkel kamen abwechselnd zu kurzen Besuchen vorbei und zu den Geburtstagen von Vater oder Mutter trafen sich alle Familienmitglieder im Elternhaus am Rande der kleinen Stadt. Man tauschte Neuigkeiten aus und die Eltern schienen glücklich zu sein. Alles lief wunderbar.

Dann kam vor drei Jahren Ende November die verstörende Nachricht: Die Mutter hatte beim Vogelfüttern im Garten einen schweren Schlaganfall erlitten. Sie war allein zu Haus gewesen, der Vater kam erst zwei Stunden später mit dem alten Daimler aus der Werkstatt zurück. Er hatte seine Frau draußen in der kalten Nässe liegend gefunden, doch er kam zu spät. Die Mutter war nicht mehr ansprechbar gewesen und noch am gleichen Tag im Krankenhaus gestorben.

Nach der Beerdigung blieb Saschas älteste Schwester Susanne mit den heranwachsenden Töchtern und ihrem geduldigen Mann noch bis über Weihnachten beim Vater, der versteinert und wie gelähmt wirkte. Susanne räumte die Kleider und Wäsche der Mutter aus, bearbeitete und erledigte alle Papiere, sorgte dafür, dass zweimal wöchentlich eine Pflegerin kam und einmal in der Woche eine Haushaltshilfe. So organisierte sie für den Vater das Leben als Witwer und er war damit einverstanden gewesen.

Die Schwestern haben Sascha versichert, dass er sich nicht um die Körperpflege des Vaters kümmern müsse, das würde der Vater alles noch selber schaffen. Zum Duschen und für die

Hautpflege käme schließlich die Altenpflegerin. Aber schon während der ersten Stunde seines „Weihnachtsdienstes" beim Vater wird Sascha klar, dass sein Vater unglücklich ist und sich vernachlässigt fühlt. Die warmen Mahlzeiten des Essensdienstes schmecken ihm fast nie, die fremden Leute, die ihn versorgen, kann er gar nicht mehr auseinanderhalten, ständig kämen andere, neue Personen ins Haus, klagt er, und außerdem würden die sich an dem Bargeld im Hause bedienen und ihn beim Einkaufen betrügen.

Sascha weiß, dass Simon, der Sohn seiner Schwester Maria, dem Opa am Monatsende immer Bargeld von seinem Konto bei der Sparkasse holt. Aber er kann sich nicht vorstellen, dass Simon unehrlich ist.
‚Warum hat mir niemand erzählt, wie erbärmlich Vaters Leben geworden ist?', ärgert sich Sascha. Zwar glaubt er nicht, dass die Helfer des Vaters ihn wirklich bestehlen, aber der Alte weigert sich eben auch, dem Sohn die Brieftasche und Kontoauszüge zu geben, damit er das überprüfen kann.

Zehn Minuten später jammert der Vater schon wieder darüber, immer allein gelassen zu werden und beschuldigt seine Pflegerinnen, keine

Zeit für ihn zu haben, sie kämen nur, um sein Geld wegzunehmen.

„Und mein Sohn taucht erst nach Jahren wieder auf!", fügt er verbittert hinzu.

Saschas Gefühle schwanken zwischen Mitleid für den vereinsamten Vater und Wut über dessen Starrköpfigkeit. Ihm wird bewusst, dass allein die körperliche Versorgung eines Menschen nicht genug ist für ein Leben. Was Sascha aber auch nicht übersehen kann, ist des Vaters eingeschränktes Denken: Die Außenwelt interessiert ihn nicht mehr, seine Gedanken kreisen ausschließlich um sich selber. Manchmal erzählt er unvermittelt eine Episode aus der längst vergangenen Zeit, als er die Mutter kennengelernt hat. Die vielen Bücher, die seine Kinder ihm in den letzten Jahren geschenkt haben, liest er gar nicht, er könne sich nicht konzentrieren, sagt er, und seine Brille würden die Pfleger auch ständig verstecken.

„Ich werde dann mal nachschauen, wo der Weihnachtsschmuck ist. Soll ich dir schon mal das Fernsehgerät einschalten?" fragt Sascha, um den alten Mann abzulenken.

„Das kann ich selber, ist ja idiotensicher!"
Unwirsch nimmt der Vater die seniorengerechte
Fernbedienung mit den wenigen Knöpfen an sich.
„Ich brauche auch keinen Weihnachtsschmuck!"
„Aber ich brauche ihn", behauptet Sascha und
dreht sich frustriert um.
„Wie soll ich die ganze Zeit hier nur über-
stehen?" denkt er verbittert.

Als er am Abend in seinem ehemaligen
Kinderzimmer zu Bett gehen will und aus alter
Gewohnheit eine Schublade aufzieht, traut er
seinen Augen kaum. Ein großer Haufen
Geldscheine liegt dort, flüchtiges Zählen ergibt
eine Summe von über dreitausend Euro. Er geht
noch einmal über die gewundene Treppe mit dem
aufgespannten roten Läufer hinunter ins
Wohnzimmer, wo der Vater sich im verstellbaren
Sessel mit einer Decke vor dem überlauten
Fernseher verschanzt hat. Die Hörgeräte liegen auf
dem Tischchen vor ihm, Sascha hält sie ihm
auffordernd hin und stellt den Ton leiser. Dann
knallt er die Geldscheine auf den Tisch.

„Bitte sehr! Das lag oben in meiner
Schublade. Warum? Es dürfte das Geld sein, das du
vermisst. Die Pflegerinnen haben es also gar nicht

geklaut."

Unsicher starrt der Vater erst auf den Geldstapel, dann in das Gesicht seines Sohnes, dann wird er wütend.

„Was schnüffelst du hier herum? Susanne wird das Geld brauchen, wenn ich gestorben bin. Das Haus muss ja ausgeräumt werden, oder?"

Sascha kann lange nicht einschlafen. Seine Gedanken kreisen. Ihm ist klargeworden, dass nach Mutters Tod eine schnell fortschreitende Demenz beim Vater eingesetzt hat. Er kann hier also nicht mehr alleine wohnen, aber weder die Schwestern noch er selber wollen den Vater zu sich nehmen, das wäre auch niemandem zuzumuten, denkt der Sohn. Eine Unterbringung im Altenheim verweigert der Alte sehr vehement, vermutlich würde seine Rente auch nicht reichen für die Kosten und man würde die Geschwister zur Kasse bitten.

Und wofür das alles? Für ein fremdbestimmtes Leben, das der Vater sowieso nicht aushalten könnte. Aber wenn er es doch aushalten würde, womöglich sogar viele Jahre?

‚Lieber ein Ende mit Schrecken als ein Schrecken ohne Ende', drängt sich das geläufige Sprichwort in

Saschas Gedanken. Aber wie könnte das bewerkstelligt werden? Die bevorstehenden Feiertage mit dem Vater belasteten Sascha schon jetzt. In der Nacht träumt er schlecht.

Der Vater ist bereits aufgestanden, als Sascha zum Frühstück hinunterkommt. Vergeblich versucht der Alte, seine Verblüffung über die Anwesenheit des Sohnes zu verstecken, nachdem er sich wieder an gestern erinnern kann. Er trägt auch heute die verschmutze Kleidung von gestern. Wahrscheinlich hat er darin geschlafen.

Mit äußerster Geduld gelingt es Sascha, ihn davon zu überzeugen, für den Ausflug auf den hohen Ricken neue Sachen anzuziehen. Im Kleiderschrank findet er stapelweise saubere Hosen, Hemden, Pullover und reichlich saubere Wäsche. Er hilft seinem Vater beim Umziehen, nimmt auch frische Handtücher für das Bad aus dem Schrank.

Auf der Fahrt hinauf zur Burgruine ist der Vater hellwach und erzählt gutgelaunt, wie Sascha als kleines Kind einmal einen Schuh verloren hat bei einer Wanderung hinauf zum Berg. Den Schuh haben sie erst Monate später unten im Bach gefunden. Sascha erinnert sich nur daran, wie anstrengend es für ihn als kleinen Buben gewesen ist, den langen, steilen Weg hinauf laufen zu müssen und daran, wie sein Papa ihn immer angemeckert hat, sich nicht „so anzustellen", wie er es nannte.

Es steht kein anderes Auto auf dem Parkplatz oben bei der Burgruine, genau damit hat Sascha auch gerechnet. Es regnet zwar nicht, aber es ist noch früh und der Wintertag ungemütlich windig. Niemand, außer einem dementen alten Mann, würde auf die Idee kommen, an einem solch grauen Tag hier herauf zu kommen. Der Weg bis in den Hof der Ruine fällt dem Vater trotz des Rollators schwer, der Schotter ist zu grob für die kleinen Räder. Sascha hilft ihm aufmerksam über die schwierigsten Stellen und Löcher im Weg. An seinem Lieblingsplatz lässt sich der Vater erschöpft auf die Mauerreste sinken, sein Atem geht schwer. Direkt hinter ihm fällt eine fast senkrechte Steilwand mehr als 100 m tief hinab zur Schlucht mit dem Bach.

Wenn der alte Mann nun das Gleichgewicht verlieren und abstürzen würde …? Dann könnte man ihn, den Sohn, im schlimmsten Falle vielleicht verdächtigen, nachgeholfen zu haben, aber niemals könnte man ihm das beweisen, denkt Sascha. Wenn er stürzt, muss der Vater sich nicht länger durch ein unwürdiges Leben quälen und seine Kinder müssen keine hohen Pflegekosten tragen.

Bevor sich Sascha zur Tat überwinden kann, beginnt der Vater zu sprechen.
„Weißt du noch, wie du als Junge immer Ritter gespielt hast und diese schräge Mauer bis zum Turm hinaufgeklettert bist? Mama ist jedes Mal fast verrückt geworden vor Angst." Der Vater lächelt bei der Erinnerung. „Ob du das immer noch kannst?"

Diesen letzten Gefallen will Sascha dem Vater noch tun. Er schaut auf seine Füße.
„Mit meinen Sportschuhen dürfte das kein Problem sein", denkt er, steigt auf den unteren Mauerabsatz und sucht Halt für sein rechtes Bein an der steilen Schräge.

„Ich weiß genau, was du denkst, mein Junge. Vergiss es. Ich bin noch stark genug, um auf mich aufzupassen."

Der Vater hat sich erhoben. Aus den Augenwinkeln sieht Sascha eben noch den ausgestreckten Arm des Vaters, spürt den Stoß. Dann stürzt er.

Adventszeit

Sofi hält die Hand ihres kleinen Bruders Florin sehr fest, der Kleine soll nicht so auffällig zwischen den Passanten in der Fußgängerzone herumtollen. Denn das alles kennt sie ja schon: Die misstrauischen Blicke, das eilige Vorübergehen oder den üblichen Schritt zurück, wenn jemand von ihrem Volk die Aufmerksamkeit auf sich zieht.

Die meisten Einheimischen hier in Deutschland erkennen schnell, dass Sofi und der kleine Junge an ihrer Hand aus einem anderen Land kommen. Ob es an ihren schwarz gelockten langen Haaren liegt? Aber heute hat sie doch fast all ihre Haare unter einer großen Strickmütze verborgen.

„Meine Haut ist doch gar nicht besonders dunkel", denkt das Roma-Mädchen, „und die Deutschen legen sich sogar extra in die Sonne oder schminken sich, um eine dunklere Haut zu bekommen. Warum machen sie das, wenn sie dunkle Haut nicht mögen?"

Na, klar, aus der Sprache mit dem Akzent hört man ihre Herkunft aus Südeuropa heraus und Florin plappert in einem Gemisch aus Romanes und Bulgarisch, doch er kann auch schon ziemlich gut Deutsch, findet Sofi.

Die Innenstadt ist voller Menschen, die ihre Weihnachtseinkäufe erledigen, morgen ist schon der vierte Advent. Sofi freut sich auf Weihnachten. In fünf Tagen wird sich die ganze Familie beim Großvater versammeln. Dort wird es zum Fest ein besonders gutes Essen geben, die Onkel werden fröhliche Musik spielen und alle werden ausgelassen feiern, weil sie zusammen sind. Andere Familien feiern erst später oder überhaupt kein Weihnachtsfest, deshalb ist Sofi froh über die Traditionen in ihrer Familie.

Heute hilft der Vater einem Onkel in dessen Verkaufsbude auf dem kleinen Weihnachtsmarkt der Stadt. Die Geschwister haben ihn dort besucht und neugierig zugeschaut, wie der Vater sehr geschickt die beliebten Zuckeräpfel angefertigt oder Mandeln gebrannt hat. Seinen Kindern hat er eine Tüte mit Lakritz und zwei frisch glasierte rote Äpfel hinüber gereicht, sogar einen Zwanzig-Euro-Schein hat er noch spendiert, damit sie den Nachmittag in der Stadt genießen können.

Daher bummeln sie jetzt durch die Einkaufs-straße und genießen das Treiben um sich herum.
„Sollen wir mal ins Kino gehen?"
Sofi zeigt auf die strahlend-bunten Plakate eines Disney-Filmes im Schaukasten vor dem Gebäude. Florin ist begeistert. Doch die Frau in dem Glaskasten, wo die Karten verkauft wurden, fragt misstrauisch: „Habt ihr überhaupt Geld? Glaubt bloß nicht, dass ihr euch hier ohne Bezahlung einschleichen könnt!"

Am liebsten hätte Sofi der hässlichen Frau ins Gesicht gespuckt, doch stattdessen knallt sie wortlos den Geldschein auf das schmale Brett vorne am Glaskasten. Die Kassiererin guckt äußerst unfreundlich, aber sie händigt schweigend vier Euro Wechselgeld und die beiden Eintrittskarten aus.

Im dunklen Zuschauerraum befinden sich nur wenige Familien mit kleinen Kindern. Als schon bald die bunten Bilder über die riesige Leinwand flackern, vergisst Sofi die Verletzungen des Tages. Auch Florin sitzt still und wie gebannt im roten Sessel neben ihr, den Daumen hat er tief in den Mund gesteckt, so wie früher als ganz kleiner Knirps. Wenn die Geschichte besonders spannend wird, zappeln seine kurzen Beine.

Fast zwei Stunden sind vergangen, als die Lichter im Saal wieder aufleuchten und die Kinder aus der Traumwelt in die Wirklichkeit zurückkehren müssen. Draußen ist es dunkel geworden.

„Komm, wir gehen noch durch die engen Gassen, da können wir zusehen, wie die Leute wohnen. Die Fenster der alten Häuser dort sind ganz niedrig, da können wir einfach reingucken", fordert Sofi den Bruder auf, „später fahren wir dann mit dem Bus zurück zu Mama. Ich habe ja noch Geld."

Die breiten Einkaufsstraßen haben sich geleert, die Geschäfte sind inzwischen geschlossen. Aber in den engen Gassen hinter den Geschäftshäusern stehen uralte Fachwerkhäuser, dort sind viele Fenster liebevoll geschmückt und heimelig erleuchtet. Als sich in einem der Fenster eine schwarze Katze, die Florin bloß für eine Figur gehalten hat, plötzlich bewegt, das Maul aufreißt und gähnt, kreischt er albern und springt zurück, Sofi lacht laut auf.

Etwas weiter hinten in der Gasse sind nun Schritte zu hören und unter der gelb leuchtenden altertümlichen Straßenlampe ist eine männliche Gestalt zu erkennen. Sofort spannen sich Sofis Nerven und Muskeln in Alarmbereitschaft, mit den Blicken sucht sie nach der nächsten Quergasse, um notfalls wegrennen zu können.

Aber der Mann bleibt vor der niedrigen Tür eines Hauses mit über die Gasse ragendem Obergeschoss und einem Erkertürmchen stehen. Es dauert eine Weile, bis er das Türschloss geöffnet hat und gebückt durch den Eingang schlüpft. Sofi greift nach Florins Hand und schlendert langsam in die Richtung dieses Hauses.

Auch hier strahlt warmes Licht aus den Fenstern und malt gelbe Vierecke in die Dunkelheit. Florin muss sich kaum recken, um neben seiner Schwester in die Wohnung zu schauen. Drinnen sind Tierfiguren zwischen den Blumentöpfen auf der Fensterbank arrangiert, in den offenen Fächern eines Schrankes stehen Bücher, auf einem Vertiko befinden sich dicht zusammengedrängt gerahmte Fotografien zwischen Porzellanfiguren und auf einem Zwei er-Sofa liegen bestickte Gobelinkissen.

Die alte Frau, die in einem Pflegebett an der linken Seite des Zimmers liegt, hat etwas erhöht auf einer Wandhalterung ein Fernsehgerät vor sich. Darauf ist ihr müder Blick gerichtet. Der Ton ist so laut eingestellt, dass die Kinder ihn durch die geschlossenen Fenster hören können. Plötzlich wird eine Zimmertür auf der rechten Seite aufgestoßen, der eilig den Raum betretende Mann hat zwar keinen Mantel mehr an, aber Sofi erkennt ihn an seinen Bewegungen wieder. Dies ist der junge Mann, der vorhin ins Haus eingetreten ist.

Hastig nimmt er die Fernbedienung vom Serviertischchen neben der Frau und stellt den Ton leise. Die alte Frau wendet den Kopf erschrocken in seine Richtung, dann scheint sie den Besucher etwas zu fragen. Der junge Mann antwortet, die Frau sagt wieder etwas, offensichtlich streiten die beiden jetzt und der Mann wird immer wütender.

60

Die Kinder verstehen zwar nicht, was er sagt, aber sie sehen sein hassverzerrtes Gesicht und das Zucken seiner Kiefermuskeln.

„Was macht der da?"
Die Stimme des kleinen Florins ist nur noch ein angstvolles Flüstern. Sofi begreift schnell, was da drinnen passiert. Der Mann hat eines der Gobelinkissen vom Sofa genommen und presst es auf das Gesicht der alten, wehrlosen Frau, sein ganzes Gewicht stemmt er darauf. Was soll Sofi bloß tun? Verzweifelt trommelt sie schließlich gegen die Fensterscheibe. Der Mann schaut kurz auf, er flucht, schnappt das Kissen und rennt aus dem Zimmer.

Die beiden Kinder flüchten. Sie verstecken sich in einer ganz schmalen Lücke mit winzigem Holztor zwischen den Nachbarhäusern. Kurz darauf sehen sie den Mann aus dem Haus stürzen; sein Keuchen können die Geschwister bis in ihr Versteck hören. Er klemmt sich das gestickte Kissen unter den Mantel und hält ihn mit einer Hand zu, während er die Gasse hinaufläuft zum Steinbogen, wo er auf die weihnachtlich beleuchtete Einkaufsstraße abbiegt.

Andere Mädchen in ihrem Alter hätten jetzt ein Handy, denkt Sofi, während sie fieberhaft überlegt, was sie jetzt tun soll.

„Müssen wir hinter ihm herrennen?", fragt Florin zaghaft.

„Nein! Aber die Polizei muss kommen, es geht jetzt nicht anders."

Sie läuft hinüber zu dem Haus mit der Katze im Wohnzimmerfenster, nimmt ihren Mut zusammen und drückt lange auf den großen, blauen Klingelknopf neben der Haustür. Dann lauscht sie. Von drinnen hört sie Schritte bis direkt vor die Tür kommen.

„Wer ist da?" ruft eine Frau von drinnen.

„Sie müssen die Polizei rufen! Ich glaube, der Mann hat die alte Frau umgebracht!"

Jetzt vernimmt Sofie das Schaben eines Riegels und die Tür öffnet sich einen Spalt. Eine ältere Frau schaut überrascht auf die fremden Kinder vor sich.

„Bitte beeilen Sie sich! Sie haben doch bestimmt ein Telefon. Ich hab' nämlich keins", drängt Sofi und die Tür wird ganz geöffnet.

„Kommt rein", fordert die dicke, kleine Frau die Geschwister auf und greift zum Telefon auf einem runden Tischchen hinter sich. „Wo ist das denn passiert?"

„Gleich da vorne, in dem Haus, das so komisch über die Straße gebaut ist."

„Er hat ganz lange ein Kissen auf die Frau gedrückt", meldet sich Florin ebenfalls zu Wort. Nachdem die kleine Frau über die Notrufnummer der Polizei den Vorfall gemeldet hat, führt sie die Kinder ins Wohnzimmer und stellt ihnen eine Schale mit Keksen hin.

Es dauert keine zehn Minuten, bis die blauen Lichter eines Polizeiautos in der Gasse aufblitzen, und sofort treten viele Anwohner neugierig vor ihre Haustüren. Vom unteren Ende nähert sich vorsichtig ein Rettungswagen über das Kopfsteinpflaster, es sieht manchmal so aus, als müsste das große Auto die Häuser streifen, so schmal ist die Gasse. Sofi schwitzt vor Aufregung. Sie muss dem Notarzt das Haus zeigen und er verschwindet sofort im Inneren.

Im Wohnzimmer der kleinen, dicken Frau befragt ein Polizist ohne Uniform sie ausführlich, was sie alles beobachtet hat, ihn interessiert jede

Einzelheit und er macht Sofi ein Kompliment, weil sie sich alles genau gemerkt hat.

„Würdest du den Mann wiedererkennen?", will er zum Schluss wissen.

Sofi nickt heftig. Sie ist sich ganz sicher. Florin aber ist den Tränen nahe, er zerrt an der Hand seiner Schwester.

„Wir müssen nachhause. Mama wartet", klagt er. Ein zweiter Polizist in blauer Uniform, der in die Stube gekommen ist, sieht ihn ziemlich freundlich an.

„Ja, Kleiner, wir bringen euch gleich zurück. Wo wohnt ihr denn?", fragt er.

Sofi nennt ihm die Adresse.

In einem Polizeiauto zu fahren, gefällt Florin, auch wenn es jetzt kein Blaulicht mehr gibt, aber seine Schwester macht sich Sorgen. Dort, wo sie wohnen, mögen die Leute es nicht, wenn die Polizei kommt, das bedeutet nämlich immer nur Ärger.

Aber der freundliche Polizist begleitet sie bis in die Wohnung hinauf und beruhigt die Eltern. Er erklärt ihnen alles genau und meint, sie können stolz sein auf ihre Kinder, die so schnell für Hilfe gesorgt haben. Die alte Frau war nämlich noch nicht gestorben, als der Notarzt kam und wahrscheinlich würde sie überleben, was sie den beiden Kindern zu verdanken hätte.

Als der Beamte etwas später wieder in sein Fahrzeug steigt, tun ihm die Geschwister leid, weil sie zuhause bestimmt keine Weihnachtsstube haben würden. Aber er hat ja keine Ahnung! In fünf Tagen werden Sofi und Florin so richtig Weihnachten feiern.

Der richtige Rahmen

Sylvia schob die breite, gläserne Terrassentür auf. Kalte Winterluft floss unten herein und oben strömte die aufgeheizte Luft aus dem riesigen Wohnzimmer hinaus. Thomas war wieder einmal schlapp und müde sitzen geblieben, als sie ihn bat, ihr bei der Weihnachtsdekoration am Haus zu helfen. Heute war es doch trocken draußen, ein paar Schritte würden ihm sicherlich gut tun. Aber alles sollte sich immer nur um ihn und seine Krebserkrankung drehen – sie war es total leid!

Seit Wochen hatte Thomas sie weder in die Oper noch zu einer Vernissage begleitet – könnte er nicht ein bisschen Rücksicht auf sie nehmen? Sich ein wenig an ihren Bedürfnissen orientieren? Wenn sie ihre Freundinnen traf oder zum Termin bei der Kosmetikerin musste, schien er sie vorwurfsvoll anzuschauen, das war nicht mehr zum Aushalten, fand Sylvia.

Andere Leute wurden schließlich auch krank, aber ohne sich derart hängen zu lassen. Wenn er sie wirklich liebte, sollte er gefälligst kämpfen um sein Leben mit ihr! Aber nein, er nahm seine Krankheit kampflos hin, war zum Schatten seiner selbst verblasst.

Schwungvoll zerrte sie die Kiste mit der Weihnachtsdekoration, die der Fahrer des Einrichtungshauses heute geliefert hatte, über die Terrassenschwelle. Gestern erst war sie in dem noblen Laden shoppen gewesen, doch Thomas interessierte sich überhaupt nicht für ihre Einkäufe, er ließ sich immer tiefer in seine Depression fallen. Dabei wusste er doch, wie lebensdurstig sie war, wie sehr ihr Freiheitsdrang jetzt durch ihn eingeschränkt wurde. Wenn er schon nicht an ihrem Leben teilhaben wollte, dann sollte er endlich sterben, aber nicht so unästhetisch dahinsiechen!

Ästhetik, die hatte Sylvia immer gebraucht; Schönheit und Harmonie waren der einzig erträgliche Rahmen für ihr Leben. Dreißig Jahre lang hatte Thomas ihr diesen Rahmen auch geboten. Sie nahm die riesigen weißen Amphoren rechts und links von der breiten Schiebetür in Augenschein. Etwas Grün und viele Perlen würden die Gefäße stilvoll im Advent schmücken. Geschickt machte sie sich ans Werk.

Als auch die letzte Perle und das letzte Zweiglein zu ihrer Zufriedenheit arrangiert waren, kehrte sie in den Wohnraum zurück. Thomas' Hautfarbe war fast so elfenbeinweiß wie die Polsterlandschaft, in der er winzig und zusammengeschrumpft wirkte. Er öffnete die Augen erst, als Sylvia ihm eine edle Kristalltulpe mit Champagner reichte. Er nahm nur einen winzigen Schluck und warf dabei einen tieftraurigen Blick auf seine makellose Frau.

Sylvia musste sich sehr beherrschen, um nicht herauszuschreien, wie grausam Thomas ihr Leben zerstörte und dass sie kaum noch atmen könne in dem Leid, das er verströmte. Sie presste ihre langen, gestylten Fingernägel in die Hand- flächen und kniff die Lippen zusammen.

„Dann werde ich wohl bald gehen müssen", sagte Thomas plötzlich mit dumpfer Stimme.

Sylvias Mund öffnete sich in Überraschung, eine winzige Hoffnung auf Freiheit keimte in ihr auf. Hatte Thomas ihre Gedanken gelesen?

„Hol mir doch bitte die Stickstoffflasche unten aus dem Labor herauf, ich schaffe es selber nicht mehr ...“

„Mein Schatz, ich tue alles, was du möchtest.“

Mit flinken Schritten eilte Sylvia hinüber zur Diele und die Treppen hinunter ins Untergeschoss.

Als sie atemlos mit der schweren Flasche aus dem Keller zurückgekehrt war, den Schlauch für das Ventil um den Hals gehängt, zeigte Thomas schweigend zur Terrassentür. Sylvia schob den schweren Glasflügel erneut auf und setzte die stählerne, gasgefüllte Form zwischen den Amphoren ab. Sie schaute ihren Mann aufmunternd an.

„Ja, gut, jetzt zieh mir die Terrassenliege bis vor die Tür. Und eine Decke brauche ich noch ...“

In Thomas‘ Stimme mischte sich Resignation mit trauriger Entschlossenheit.

Sylvia lobte sich innerlich für ihre eifrige Hilfsbereitschaft, als sie die Alpakadecke auf der Liege ausbreitete, dann ihren Mann unterstützte, sich auf der Liege niederzulassen und ihn anschließend mit der gesteppten, weinroten Daunendecke vom Sofa zudeckte.

Das Bild, das sich ihr bot, war fast perfekt. Thomas lag wie aufgebahrt genau zwischen den kunstvoll dekorierten Amphoren, schnell stellte sie noch zwei Windlichter rechts und links oben neben sein Lager. Sie drehte die grüne Markierung der grauen Gasflasche nach hinten, jetzt passte sie im Farbton wunderbar zur Liege und Sylvia musste die Flasche nur noch haarscharf mittig über das Kopfende rücken.

Dann reichte sie ihrem Mann den Schlauch. Er zögerte noch.
„Komm, Thomas. Beweise mir deine Liebe und schenk mir dieses Jahr zu Weihnachten die Freiheit. Ich drehe das Ventil jetzt auf."

Thomas' Stimme war heiser, als er um etwas Aufschub bat, doch Sylvia drückte den Schlauch in seinen geöffneten Mund. Die Nase hielt sie ihm vorsichtig zu. Thomas hatte nicht mehr die Kraft, sich zu wehren, seine Atmung wurde flach, nach wenigen Minuten war das schwache Leben besiegt.

Sylvia fand es schade, dass der Schlauch zum Schluss aus Thomas' Mund glitt und die Symmetrie gestört war. Doch sie war zufrieden. Wie immer, hatte sie Stil bewiesen.

„Tragt in die Welt ein Licht"

Diese fürchterliche Frau schon wieder! Therese Venske, die stellvertretende Schulleiterin, kontrolliert noch schnell ihre Gesichtszüge und tut so, als ob sie Phillips Mutter nicht gesehen hätte. Ostentativ schaut sie in die andere Richtung, während sie als eine der Letzten im weihnachtlich geschmückten Foyer der Grundschule erscheint. Sie sucht sich einen Platz möglichst weit entfernt von Phillips Mutter.

Warum muss ausgerechnet diese Hexe ihr das Leben so schwer machen? Und warum hat ihre Kollegin Maren es nicht verhindert, dass die unbequeme Frau Bosener Vorsitzende der Elternpflegschaft geworden ist? Stattdessen arbeitet sie offensichtlich begeistert mit der Frau zusammen, die blöde Kuh!

Auf der provisorischen Bühne haben sich inzwischen Marens Viertklässler versammelt, sogar ein paar Geschwisterkinder sind dabei. Ein kleines Orchesterstück wird zusammen mit einigen Eltern gespielt, danach ertönt der Chor mit „Tragt in die Welt nun ein Licht". Theresa Venske ist jedoch überhaupt nicht in der Stimmung, irgendetwas Gutes in die Welt zu tragen, ganz im Gegenteil! In Gedanken lässt sie sich von ihrer Wut auf die Bosener, die sie im engsten Kollegenkreis schon lange nur noch „Bösener" nennen, mitreißen.

Maren hatte ja immer schon diesen besonderen Anspruch in ihrer pädagogischen Arbeit und die widerliche Bösener unterstützt sie nach Kräften darin. Warum reicht es Maren nicht, den Lehrplan irgendwie mit der Klasse abzuarbeiten? Nein, sie beteiligt auch noch die Eltern und unternimmt mit denen und ihren Kindern ständig alles Mögliche – selbst an den freien Nachmittagen! Nicht nur die üblichen Ausflüge in Museen oder die Natur, sie hat auch ein Orchester, einen Eltern-Kind-Chor und neulich sogar eine komplette Theateraufführung mit den Familien zustande gebracht. Oh ja, alles war sehr gelungen, besonders die Schulrätin hat in die große Lobhudelei eingestimmt.

Therese Venske aller-dings ist äußerst sauer auf Maren. Rafft die denn gar nicht, wie hoch sie damit die Latte für das Kollegium gelegt hat? Ist es ihr egal, dass die anderen jetzt unangenehmen Leistungsdruck verspüren?

Bis vor drei Jahren ist Therese Venske eng mit Maren befreundet gewesen, doch seitdem die widerliche Bösener die Elternpflegschaft leitet und Maren einfach nicht einsehen will, dass sie mit einer solchen Frau nicht kooperieren darf, ist die Freundschaft zerbrochen. Schuld daran ist natürlich diese Bösener, sie passt einfach nicht hier in die kleine Stadt. Man erzählt sich, dass sie links wählt und viele behaupten, dass diese Frau für den Geheimdienst der ehemaligen DDR gearbeitet hat.

Woher genau diese Gerüchte stammen, weiß Therese nicht, aber sie glaubt sie voller Überzeugung. Nur eine ganz abgefeimte Stasi-Frau kann Maren und die anderen Eltern so manipulieren! Die Unterlagen über Phillip haben zwar nichts hergegeben, aber bestimmt hat seine Mutter damals in der DDR gelebt und verleugnet das jetzt bloß. Oder sie war früher einmal Mitglied in der RAF, das ist ihr auch zuzutrauen! Unglaublich jedenfalls, wie Marens Klasse 4c und die Eltern trotzdem alle zusammenhalten.

Ja, glaubt die Bösener denn, sie könne hier in der westfälischen Provinz neue Maßstäbe setzen? Therese Venske wird sich ihrem Einfluss jedenfalls nicht beugen, nein, sie will den ihr zustehenden Respekt als stellvertretende Schulleiterin zurück und selber die Maßstäbe festlegen. Wenn aber jetzt womöglich noch andere Eltern kritisch auf den Schulalltag blicken und von allen Lehrern so viel Engagement erwarten, wie Maren es zeigt – was soll dann aus ihrem geruhsamen Lehrerberuf werden? Für Therese Venske steht fest: Die Bösener ist gefährlich, man muss sie aufhalten.

Auf der Bühne spielen die Kinder jetzt die Weihnachtsgeschichte nach, natürlich mit einem modernen Anstrich, was hat sich Maren dabei bloß wieder gedacht? Das Jesuskind spielt hier nur eine Nebenrolle, anscheinend geht es bei der Aufführung viel eher um die Probleme von Flüchtlingen und ausgerechnet Phillip Bosener stellt den afrikanischen Weisen, den Kaspar, dar, natürlich als Flüchtling! Die Zuschauer nehmen das alles kritiklos hin, Therese sieht sogar Tränen der

Rührung im Publikum, hört, wie Nasen geschnäuzt werden. Ihr reicht es jetzt! Gut, dass sie einen Platz ganz außen an der Reihe gesucht hat, so kann sie, ohne groß Aufmerksamkeit zu erregen, vom Stuhl aufstehen und die Veranstaltung verlassen.

Familie Boseners Adresse ist Therese bekannt, keine 200 m vom Schulgebäude steht das alte Haus, in dem diese Leute wohnen. Therese Venske beeilt sich, ihr Auto rückwärts aus der Parklücke zu steuern, denn allzu lange wird die Schul-Weihnachtsfeier nicht mehr dauern. Gut, dass sie gestern die Gasflasche für die Terrassenheizung noch nicht aus dem Kofferraum ihres Autos geladen hat. Und hoffentlich wird die Bösener eine brennende Zigarette im Mund haben, wenn sie die Haustür aufschließt. Die qualmt ja sowieso ständig, nikotinsüchtig wie die ist.

Therese sieht sich um, die Rollläden der Nachbarhäuser von Familie Bosener sind heruntergelassen, niemand ist auf der Straße zu sehen. Die Büsche im Vorgarten des alten Hauses bieten einen perfekten Sichtschutz zu den Seiten – wenn niemand zu Fuß die Straße entlang kommt, kann ihr nichts passieren, denkt Therese. Es ist mühsam, die Stahlflasche bis vor den Briefkastenschlitz in der alten Haustür zu schleppen, noch anstrengender ist es, das Sicherheitsventil so lange heruntergedrückt zu halten, bis sich das Gas durch den Schlauch komplett in den Hausflur entleert hat.

Als sie wieder auf dem Schulhof parkt, kommen die ersten Teilnehmer der Weihnachtsfeier bereits fröhlich aus dem Gebäude. Die Bösener mit Mann und Sohn lassen auch nicht lange auf sich warten. Thereses Plan geht wunderbar auf. Keine fünf Minuten später erschüttert eine gewaltige Explosion die Nachbarschaft.

Therese Venske folgt bedächtig den Neugierigen, die zum Unglücksort rennen. Polizei und Feuerwehr sind eingetroffen und ihre ehemalige Freundin Maren steht erschüttert vor dem zerstörten Haus, alle Farbe ist aus ihrem Gesicht gewichen. Soeben berichtet sie dem Einsatzleiter von der Polizei, dass es in diesem Haus doch gar keinen Gasanschluss gibt. Maren kennt eben die Elternhäuser ihrer Schüler.

Hat sie womöglich auch bemerkt, dass die stellvertretende Schulleiterin die Aufführung vorzeitig verlassen hat? Therese spürt ihr Herz bis hinauf in den Hals klopfen, als der Einsatzleiter jetzt auf sie zukommt.

Kein Nikolaus mehr

Hätten seine Eltern ihm bloß nicht den Namen Nikolaus gegeben! Mit elf Jahren hatte er deswegen schon mehr Spott und Hohn erfahren, als es einem kleinen Jungen gut tut. Unendlich oft hatte er die Sprüche über seinen fehlenden weißen Bart und roten Mantel hören müssen, oder die Klugscheißerei, dass es ihn, den Nikolaus, doch überhaupt nicht gäbe.

Anfang Dezember wurde es besonders schlimm, selbst die kleinen Mädchen aus den unteren Klassen fragten, ob er mit seinem Sack auch zu ihnen käme. Dabei kicherten sie albern und rannten schnell weg.

Am Nachmittag dieses vierten Dezember holte Nick heimlich einen staubigen Kartoffelsack vom Speicher, am fünften Dezember kaufte er im Billigladen unten in der Stadt einen Nikolausmantel samt Plastikbrille und Wattebart. Abends packte er seinen Schulrucksack prallvoll mit diesen Utensilien und dem zusammengelegten Sack. Als die Eltern schliefen, ging er hinunter und durchstöberte den großen Schrank des Vaters im Arbeitszimmer.

Am Nikolaustag trödelte er auf dem Schulweg. Der Pausenhof war leer, als er ankam, denn der Unterricht in den Klassenräumen hatte schon begonnen. Nicki nahm aber nicht eilig die drei Stufen hinauf zur Schultür, sondern huschte in Richtung Fahrradschuppen und verschwand dahinter. Schnell zog er sich das Weihnachtsmann-Kostüm über, setzte die Brille mit dem angeklebten Bart auf, dann warf er sich den fast leeren Sack über die Schulter. Der Sack pendelte eigenartig auf seinem Rücken, der Bart versteckte sein Gesicht.

Ungehindert erreichte er sein Klassen-zimmer, griff in den Sack, riss die Tür auf und sah in die erschrockenen, ungläubigen Gesichter seiner Schulkameraden. Das kreischende Mädchen in der zweiten Reihe war die erste, die vom Kugelhagel der halbautomatischen Pistole getroffen wurde.

Weil es jährlich fast 100.000 Neu-
erscheinungen auf dem deutschen Buchmarkt gibt,
freue ich mich besonders, dass du dieses Buch
gefunden hast und hoffe, dass es dir gefallen hat.

Es ist schwer für uns Autoren, in den
digitalen Katalogen aufgefunden zu werden, aber
wenn dir diese Weihnachtskrimis gefallen haben,
kannst du mir mit deiner Bewertung auf einer
Verkaufsplattform helfen, etwas sichtbarer zu
werden. Darüber würde ich mich sehr freuen und
bedanke mich herzlich für deine Hilfe.

Die Autorin

Viel erleben und darüber schreiben – das war und ist mir wichtig im Leben. Ich liebe die Natur und das Reisen, sammele mit Begeisterung neue Erfahrungen, führe Gespräche mit vielen Menschen und kann zuhören. Daraus wachsen Impulse zu vielen meiner Geschichten und Gedichte. Selbst wenn ich beim Spaziergang mit meinem Hund mit jemandem ins Gespräch komme, erfahre ich fast immer kleine oder große Geschichten.

Ich interessiere und engagiere mich für meine Mitmenschen, für Politik und die Vielfalt der Natur. Meine Vier-Generationen-Familie, der Garten und die Haustiere halten mich jung, wenn ich nicht schreibe oder lese. Schreiben ist mehr als ein Hobby für mich, es ist eine Leidenschaft, die intensive Freude macht und die Sinne lebendig hält.

Mich beeindrucken die Bilder der Natur um mich herum, besonders die Veränderungen im Verlauf der Jahreszeiten – diese schildere ich oft in Gedichten. Und dann gibt es natürlich die Bilder meiner Phantasie. Auch sie werden zu Worten und Geschichten, ebenso wie ich meine moralischen Überzeugungen gelegentlich ausdrücken muss, was selbst in meinen Krimis durchscheint.

Studiert habe ich Landespflege, Psychologie und Englisch sowie eine zusätzliche Ausbildung als Touristikkauffrau gemacht. Viele Jahre habe ich auch das Entwicklungsbüro meines Mannes verwaltet.

Abgesehen von wissenschaftlichen und journalistischen Texten oder Anthologie-Beiträgen habe ich seit 2012 siebzehn Bücher in verschiedenen Genres veröffentlicht.

Bibliographie:

Sanfte Heimat Detmold und Teutoburger Wald: Gedichte und Fotos zum Lipperland, Taschenbuch und E-Book, Juni 2020

Immanuels Geschichten. Reisen in die Hoffnung: Märchenhafte Reisen, Taschenbuch und E-Book, April 2020

Weit draußen – Mordermittlung auf St. Kilda: Ein Schottland Krimi, Taschenbuch und E-Book, November 2019

Worte finden bei Trauer und Schmerz – Abschied bewältigen: Gedichte, Bilder und Geschichten. Gebundenes Hardcover, Taschenbuch und E-Book, August 2019

Was immer bleiben sollte. Lyrik zu Natur, Heimat und Welt. Taschenbuch und E-Book, August 2019

Weihnachtszeit friedlich sanft bis mörderisch böse: Gedichte und Geschichten. Taschenbuch und E-Book, November 2018

Waldemar Kein Nazi - Kein Held - Kein Ruhm: Hundert Jahre kleiner Mann in Deutschland (1918-2018). Taschenbuch und E-Book, Oktober 2018

Die Liebe der Trollprinzessin: Ein Fantasy-Märchen. Taschenbuch und E-Book, Juli 2018

Du sollst nicht schreiben! Mord unter Schriftstellern: Krimi. Taschenbuch und E-Book, November 2017

Keine Angst vor Industrie 4.0 Digitalisierung als Chance für humane Arbeit: (gemeinsam mit Dr. P. Greschke). Sachbuch. Taschenbuch und E-Book, November 2017

Lucius. Die Bürde der Prophezeiung: Fantasy-Roman, Taschenbuch und E-Book, September 2017

Weihnachten zart-herb: Geschichten und Gedichte. Taschenbuch und E-Book, November 2016

Neue Liebe pünktlich zum Fest: Romantischer Kurzroman. E-Book, Nov. 2016

Warum funktioniert der Computer wieder nicht? Heiter-satirischer Ratgeber zu digitalen Generationskonflikten. Taschenbuch und E-Book, Mai 2015

Mord bei Kurs Nord – Zwei Freundinnen ermitteln: Eine amüsante Detektivgeschichte. E-Book, August 2015

Wenn Wellness nicht gut tut: Krimi. E-Book, November 2015

Kein roter Faden – weil das Leben bunt und unfair ist: Geschichten für lange und kurze Momente. Taschenbuch und E-Book, August 2015

Ausführliche Beschreibungen der Bücher findet ihr auf meiner Autorenseite unter „Notizen" sowie im Fotoalbum „Veröffentlichte Bücher" auf meiner Facebookseite „Gerda Greschke-Begemann Autorin" oder auf meiner Autorenseite bei Amazon.